忘れられた骨

関口隆雄詩集

土曜美術社出版販売

詩集　忘れられた骨

注のうち、＊は各詩篇の後に、（注1）〜（注8）は巻末にまとめて掲載

I

燃えた街

八十九歳の時　母は言った
「空襲警報が鳴って　外に出たら
庭や空き地に　焼夷弾がたくさん落ちて
近所の家が燃えていた」

九十歳の時　また言った
「空襲警報が鳴って
外に出たら　庭に焼夷弾が落ちていた
拾って　空き地に投げ捨てた」

（え！　本当かよ？……）

焼夷弾を母が拾って投げたのか　定かでないが
一九四五年（昭和二十年）　五月二十五日　夜
調布町　下石原一帯に
焼夷弾が落とされた（注1）

――夜間
頭上に炸裂する焼夷弾
巨大な花火
幾千万の火の雨*1――

——あたり一面
火の海
甲州街道が熱い

火は
家から横に吹き出ていた[*2]——

下石原の半分が焼け落ち
物置と柿の木を残して
我が家は跡形もなく焼けた

＊1　「雲雀」第10号　石谷暢司さんの証言より
＊2　『調布市の戦史』　叔母の証言より

夏の空

——一九四五年（昭和二十年）八月五日

青く透明な空。太陽が照りつけ、汗がじわじわ滲んでくる。ぎゅうぎゅうづめの車内。突然、「空襲だ！」と誰かが大声で叫んだ。私はうずくまった。ばりっ　ばり　ばり　天井から火の玉。煙が車内に立ち込める。振り上げた手から、ザーッザーッと血が噴き出した。手が震える。しゃがみこんでいる女のうめき声。止まらない赤ん坊の泣き声。座席に座ったまま、目を開いて、大きく口を開けたままの老人。床に血の溜まり。

――列車は　いのはなトンネルの入り口で急停車

開いていた窓から
私はぶら下がって降りた
日差しに刺され
セミが激しく鳴いている

――列車の屋根すれすれに　飛んでくる飛行機

だっだっ　だだ
だっだっ　だだだ

弾丸が線路の石に当たり
火花が散った

線路のまわりを炎が踊っている

熟したトマト
――のようなものが
足元に

私は走って
土手を乗り越え
林の中に潜りこんだ
木々の間から見えた
空

青い青い

空が

怖かった（注２）

『いのはな慰霊の集い　三十年のあゆみ』の体験記より

忘れられた骨

——子供の頃、押し入れの鴨居に若い兵士の写真が掛けてあった

「ばあちゃん
俺が生きて帰って来るまで
元気でいてくれよ」

祖母に言い残して
伯父　宗之介は
昭和十九年　夏
出征した

一か月余りたって
伯父から一枚の葉書が届いた
葉書はところどころ
墨で塗りつぶされていた
父が布に水を含ませて葉書を洗った
「フィリピン　マニラ」の文字が浮かんだ
伯父の最後の便りだった

昭和二十年　八月十五日
戦争は終わった

伯父は帰ってこなかった
母が近所の拝みやばあさんに

息子の生死を尋ねた
宗之介さんは船といっしょに
海に沈んだと告げられた

真夜中
家の前の
旧甲州街道を歩く
靴音が聞こえてくると
母は目をさました
息子が帰って来たのだと思い

関口家の墓石に
伯父の戒名が刻まれていた
栄光院殉徳宗道居士　宗之介

昭和二十年六月十日　享年　二十三才

ばあちゃんは骨になって
いまも墓の中で待っている（注3）
伯父の骨よ

蜥蜴

——南方の島々に残された屍

深い草に覆われた
道の辺《へ》
飢え　渇き
倒れた
兵士

（太陽にじりじり焼かれ）

肉　ぶよぶよ　膨らみ
皮膚　ただれ　破れ
毛　抜け落ち

（激しい雨に打たれ）

鼻　そげ
口　ゆがみ
耳　落ち

兵の服　ぼろぼろ　くずれ

目の球《たま》　むきだし

血と膿　とろりとろり　流れ
青く　黒く
生臭く
うじ虫　蠢き
からす　食いちぎる
　　　　　　　　　（陽光に晒されて）

肉
干からび
　　　　　　　　　（弱い風に押され）

骨
ゆるゆる　崩れ
空《てん》　仰ぐ
しゃれこうべの
目
潜り抜けていく
蜥蜴《とかげ》

画家　川鍋暁斎《かわなべきょうさい》『九相図下絵《くそうずしたえ》』、
『風俗鳥獣画帖《ふうぞくちょうじゅうがじょう》　髑髏《どくろ》と蜥蜴《とかげ》』より

Ⅱ

上陸

——一九四四年（昭和十九年）九月十八日

穏やかな海のむこうに、フィリピンの島影が見えるが、すでに、敵の潜水艦が包囲していた。数十メートル先、従軍看護婦が甲板からこぼれ落ちて消えていくのが鮮やかに見えた。間一髪、魚雷が船の横を通り過ぎて行った。

広い桟橋の見える沖合にたどりついた。綱を張った梯子で上陸用船艇に乗り移る。波打際から五十メートルほどの沖で船は反転した。私は荷物もろとも海へ飛び込んだ。背丈を越す高さだった。持っていた銃を杖にして、息を吸い込むと海の底を歩いた。時々、顔を海面に出して。上陸したのはルソン島サロマギだった。

装備は九十九式短小銃が五人に一丁。小銃の玉が一人五発。米が一升と携帯食料一袋のみ。

濡れたままの衣服から水がぽたぽた落ち、地下足袋がくちゃくちゃ音をたてた。

父の私記「自分史」より

爆弾だ　伏せろ！

――一九四四年（昭和十九年）十月十五日　マニラ兵站司令部

飯盒《はんごう》を防空壕の縁に置いて
蓋《ふた》を取ろうとした時
箒《ほうき》で障子を擦るような音

ヒューウー　ヒューウ

両手の親指は耳の穴に
残った指は目に押し付けた

ドーン　ズシーン！

はらわたが揺さぶられ
どさっと　土砂が落ちてきた
さらさらと　細かい砂が降り注いできた
（どのくらい時間がたったのだろうか……）

ううーん　ううーん

小さなうめき声が聞こえる
（どうして　聞こえるのだ

俺は　生きているのか？）

身体《からだ》を左右に動かす
顔を覆っていた左手が動いた
身体の下から右腕を引き抜いた
頭をあげる

声のするほうへ這っていく
壕の底に血に染まった
人間たちが横たわっていた

壁が崩れ
青い空がくっきり見えた

父の私記「自分史」より

漂流

――一九四四年（昭和十九年）十二月二日　マニラ湾出港

夜明け前の
南シナ海をすすむ
タンカー船　八紘丸

辺りが
明るくなってきた

ドッカーン　ズッシーン！

突然
大きな金属音
眠りは破られた
魚雷が命中したのだ

重油の漂う海
放り出された
三十数人
人も筏も油まみれで真っ黒
（油が燃えあがるかもしれない）

風と波は激しさを増し

筏を一気に十メートル押し上げた
波頭から波間を見下ろす
（まるで　谷底を覗いているようだ）

瞬間
谷底めがけて吸い込まれていく

風に流され
しぶきにぬれて
ひとり　またひとり
すうっと消えていった

（死んではいけないよ　母の声が聞こえた）

太陽の
煌めきが
空と海のはざまに
消えていく

波に見え隠れしながら
黒い船が見える
海防艦がぐんぐん迫ってきた

筏を取り巻く
黒い浮き玉に見える顔
目だけは開けていた
兵たち　十五人

手を大きく振りながら
「おおーい　おおーい」と叫んだ

父の私記「自分史」より

たより

――一九四七年（昭和二十二年）春　シンガポールから

いままで
弾《たま》の下を　くぐったり
防空壕に　爆弾が落ちたり
海の真ん中で　十時間泳いだり
よく生きて来たよ
今の生活は
本当に　人間らしいよ

まるまる太って
戦友から
金太郎と言われたり
横に転がれと言われます

今は
マレーの中心におります
家は葦《あし》で出来ており
僕の部屋は六畳間
机もあり　本立もあり
電気もついており
美しい花をさして
明るくしております

前には
椰子林《やし》があり
マレー人の家がみえます
遠くバナナ畑がみえます
ゴムの木の生える小高い山がみえます

近所の子供が時々
日本語の歌を唄っております

戦後、戦犯弁護部に勤務していた父（二十四歳）が
母と妹に送ったハガキより

帰って来た男

――一九四七年（昭和二十二年）六月二日

引き揚げ列車の
窓から眺めた広島は
遠い山々のすそ野まで
瓦礫と土塊に覆われ
赤く焼けただれた鉄骨や（注4）
家々の土台だけが残されていた

夜明け前　品川駅に着く

電車を乗り変え
座席の前に立つと
乗客はそそくさと席をたった
周りの人が
遠ざけているのを感じた

大津駅に着き
実家へ
玄関を開けると
家族は朝食を食べていた
振り向いた父も母も
玄関に立っている若い男が
シンガポールから帰ってきた
息子だと信じることができず

茫然としていた
男は
獣の目をしていた

父の私記「自分史」より

銃口

テレビの戦争映画を観終わると
父は話し始めた

――おとうさんは
戦後
シンガポールの
英軍の将校を車に乗せて
駅まで送った帰り道
検問所で

インド兵に「ユー　ノーライト」*と言われ
銃を突きつけられた

じっと動かずに
静かにしていると
インド兵は銃を下げた

（その時は　不思議と怖くなかった）

車が走り出して
まもなく　背後から
一発の銃声が聞こえた――

お茶を飲み

一息ついてから
父は苦しそうに話を続けた
——復員してから
　時々　夢をみる

　じわり　じわり
　銃口が　せまり
　銃口に　にらまれる
　引き金に手がかかった
　瞬間
　大声を張り上げた——
目をさました

静まり返った
寝室
聞こえてきたのは
さわやかな
鳥の声

＊　You, no right!　あなたは（あなた方＝日本人は）間違っているの意

塩辛

朝ごはんを食べながら
思い出したことがあった
父が食事時にみせた
苦し気な表情を

父の書き残した「自分史」を読んだ
マニラで乗った船のことが書かれていた

——明け方

マニラ湾に
グラマン百機余り来襲
爆撃を受け　炎上
三十数艘余りの船団中
運よく　煙に隠れて
自分の船だけが浮かんでいた

甲板に出る
死体が折り重なり
床が見えない
死体の上を歩いて逃げた――

シンガポールから日本に帰還して
五十余年の

夏の夜

塩辛をつまみあげながら
箸を止めた
「はらわた　はらわたが……」
父がうめくようにつぶやいた

空っぽの茶碗

脳梗塞を起こし
右半身麻痺
九十歳の父の面会にいくと
看護婦さんから言われた

「せきぐちさん　最近
左手でスプーンをにぎって
ごはん　がむしゃらに　食べるんですよ」

(私記の下書きのある場面を思い浮かべていた)

——もう何日も
一粒の米さえ食べていなかった
…………
昭和十九年　十一月中旬
シンガポールをめざして船に乗る
マニラ停泊中　明け方
アメリカ軍の爆撃を受けた
…………
船内の仮設の炊事場に行った
散乱した器具をどかすと
平窯がでてきた
雑穀入りの飯

血の混じった飯が見えた
Ｔ一等兵と二人で
手を突っ込んでごはんを食べた――

それから
看護婦さんが
小さな声で言った

「ごはん　食べ終わっているのに
スプーンがとまらないので
とりあげたんです

でも
せきぐちさんは

からっぽの茶碗に
左手を入れて
ずっと　泣いていました」

Ⅲ

断崖

——一九四四年（昭和十九年）七月　サイパン島

薄い雲が流れる水色の空の奥から　じわじわ飛行機が近づいて来る。
私たちはこわくなって密林に逃げ込んだ。背後から　銃声が響く。
樹々の隙間から光が漏れる。細い道をせわしく歩き続けた。樹木が
途切れると、草むらに出た。青々と広がる海。草むらを屈み込むよ
うにして抜け出し、岬の突端に着いた。銃声がせまっていた。

わたしは叫び声を
あげることなく

断崖から
一気に
海へ

赤く染まる
崖下の
岩場

きらきら光る
海に
数えきれない
死骸が
浮かんでいた

わたしを　追ってきたのは　だれ？
わたしを　見捨てたのは　だれ？
わたしを　殺したのは　だれ？

「島の崖から飛び降りる女」の映像をみて

震える手

じりじりと顔が焼ける朝。汗が滲み出てくる。騒がしい鳥の鳴き声。捕虜のまわりを取り囲む初年兵たち。こわばった顔。「誰か突け！」と上官の声。銃口をむけられたひとりの若い兵士。名前を呼ばれた。足が震えた。銃剣を構え突き進む。鳥たちが一斉に飛び立った。目隠しされた捕虜の腹を一気に突く。剣の先が、ぐぃと腹にめり込み手が震えた。

一発の銃弾も　撃つことなく
中国から

帰還して七十年

九十歳を超えた元兵士は
死を間近に迎え
ベッドから体を起こし
うめくように息子に話した

「……刺してしまった
…………
腹に銃剣が食い込んだ
柔らかな感触
…………
いまでも覚えている
この手が……」

そう言って
震える手を合わせた

東京新聞（二〇一七年八月十五日）の記事「刺して
しまった、この手で」の記事の証言より

蒸し暑い朝に（注5）

――一九三九年（昭和十四年）五月　重慶

昼下がり。戸口でかゆをすすっていると、頭上を飛び去る黒い塊。爆音が轟いた。弟と二人で裏山に登った。実を落としたすももの森。軽やかな鳥の鳴き声。長江の向こう岸を、小さな雲がゆるゆると流れている。街の中心地が見えた。父が仕事に通っている街だ。爆弾が絶え間なく町に襲い掛かっていた。あちらこちらから、噴き上がっている炎。立ち上る真っ黒な煙。炎を遮って悠然と流れる長江。燃え盛るジャンク*。

夜半を過ぎても父は帰ってこなかった。

夜が明けて、朝から蒸し暑かった。弟と船に乗り、長江を渡った。父をさがしに。道端に土砂と瓦礫が散乱。燃え落ちた家々。壊れた壁。汚い水たまり。焦げた木々。電線から垂れ下がるぼろぼろのシャツ。瓦礫に置き去りにされている手や足。男たちが竹籠に入れて二人で運んでいた。空き地から魚の腐ったような臭い。無造作に積み重ねられた死骸。見覚えのある破れた青い作業ズボン。太った中年の男を引きずり降ろした。血に染まった白いシャツ。左胸に深く突き刺さった爆弾の破片。濃い眉毛。鼻の下のほくろ。父だった。

私と弟は抱き合って泣いた。

『重慶爆撃とは何だったのか』（高文研）の重慶の人たちの証言より

＊ ジャンク　河川用の小型の船

大きな穴

――一九四二年（昭和十七年）二月下旬
シンガポール・シグラップの谷

乾いた風が吹き
切れ切れの雲が流れていく午後
私は兵士と近所の人たちが
近くに大きな穴を掘っているのを見かけた
穴は防空壕だと思った

真夜中すぎ

突然
兵士たちが私の家にやってきた
一人残らず家から追い出された
何も持たずに
近くの裏山にひっそりと隠れた
眠れないままに
空が徐々に青く滲み
まもなく
私の家の方角から一定の間隔をおいて
銃声が聞こえた
なにか恐ろしいことが
起こっているような気がした

午後三時過ぎ

銃声は途絶えた
私の一家は押し黙ったまま
終日
木陰に身体を寄せ合っていた

長い夜が明けて
恐る恐る家に戻る
家と豚小屋がまるごと焼け落ちていた
汚れた灰がわずかに残り
豚は一匹もいなかった

大きな穴に新しい土が被せられ
盛り上がった周辺に
帽子　靴　着物が散らかっていた（注6）

『シンガポール英軍法廷　華僑虐殺事件起訴詳報』（不二出版）
中国人農夫の妻アン・アームイさんの証言より

青ざめた月

——一九四二年（昭和十七年）二月下旬
シンガポール・タナメラ海岸

静かに寄せては返す波。黄昏《たそがれ》の波打ち際。黙って歩く若者、中年の男たち、四百人余り。鉄線で縛られて。波が足下をすくう。突如、トーチカから、銃声が鳴り響いた。どどっと、浅瀬に倒れ込む。

断末魔の叫び。

一発の銃弾が私の鼻に命中。顔面をきゅっきゅっと舐められる。仰向けに倒れ、鼻から口へ、一筋の血。あたりに、悲しげな声。苦しげな声。兵士たちが岸辺に押し寄せ、私の胸に片足を乗せ、隣りの男を刺した。ちょうど、海水が私の頭を洗った。

うめき声が消えた。

恐る恐る立ち上がる。薄暗い空が覆いかぶさってきた。軍用トラックの音が遠ざかっていく。浅瀬をゆっくり歩く。波が穏やかに、赤く染まった岸辺を洗っていた。私は生きていた。だが、

喜びは少しも湧いてこなかった。

生ぬるい風。暗い浜辺。横たわる死骸。青ざめる月。尖った岩に、にじり寄り、こすりつけ、鉄線を切った。這うように歩く。街の

灯りが見える海辺の方へ。赤い死骸を避けながら。

捕虜たちが
死骸を埋めて
半年後

青く透き通る
夜

波に洗われ
砂浜に現れ出る

鈍く光る

骨

『シンガポール英軍法廷　華僑虐殺事件起訴詳報』（不二出版）
戦時税務署職員チェン・クワンユさんの証言より

殺処分

トラックの荷台に
大量の豚たちを乗せ
ブルーシートが被せられた

作業員は
ブルーシートのなかに
二酸化炭素を送った

——短い時間で　手際よく

大量に殺戮する方法として

動き回る豚
壁を激しく蹴る豚
悲しそうに鳴く豚

音と鳴き声が
ぴたりと止んだ

――大量殺戮の完了

豚は引っ張り出され
袋に詰め込まれ
クレーン車で持上げられた

深く掘られた穴に
積み重ねられ
埋められる

――大量の死骸処理は時間がかかる

健康な豚は
なぜ殺されねばならなかったのか
子豚たちも

世界の至るところ
ごくありふれた場所で
豚が殺されている

いまも
壁を蹴り　悲しげに鳴いていた
豚の声が耳から離れないのだ

二〇一九年五月四日「朝日新聞」朝刊の記事より

Ⅳ

戦場の街（注7）

――一九七八年八月　アフガニスタンを旅して

左の車輪はすり鉢状の崖すれすれに走り、踏み外せば谷底まで滑り落ちていく。岩山が連なり、埃まみれの道が続く。（岩陰からゲリラが出てきそうな）。砂漠と言うより土漠と呼んだ方がいいのか。岩山の奥に、カラリと晴れた青い空が広がる。休息時間、バスから降りて散策。わずかに草の生えた乾いた地に、川らしき細い一筋の水が、ゆるやかに流れていた。

再び、バスは走り出した。スイカ畑に着く。小さな水たまり。背中の角張ったカエルがじっとしていた。妙に懐かしい。カエルはのそりのそり歩き出すと、スイカ畑に消えた。バスは凹凸の激しい道を走り続けた。身体が激しく揺れて、飛び上がり、急停車。背中に荷物を載せたラクダが三頭、悠然と道を横切って行った。

バスはようやくヘラートに着く。バスを降りる。街にアザーン[*1]が響く。祈りの時間だ。ブルーに染められた美しいモスク。正面の奇妙なアラベスク模様[*2]。公園で絨毯を敷いて座り、頭を下げて祈っている人々。街は独特の匂いがする。砂漠の匂い？　草の匂い？　ラクダの匂い？　得体のしれない匂いだ。これが、アフガニスタンの匂いなのだ。ポツンと体重計をひとつだけ置いているおじいさん。何の商売をしているのか。体重を測ってお金をもらおうというのか？　肉屋なのか、露天の軒先に牛の首が二つ。

道の真ん中に
真新しい戦車の残骸。

＊1　アザーン　礼拝への呼びかけ
＊2　アラベスク模様　アラビア風の壁面装飾。唐草模様、幾何学的な模様

新しい川

こころざしなかば
二〇一九年　十二月四日
アフガニスタン・ナンガルハル州
ジャララバードを車で移動中　何者かに銃撃された
（なぜ　中村哲医師は殺されねばならなかったのか）

アフガンの服を着て
質素な食事

イスラムの生活習慣を守り
ドクター・サーハブ（お医者さん）と親しまれた[*1]

丸腰で　沙漠を歩き
ショベルカーを操縦

アメリカ軍ヘリコプターが　上空を飛び交う

村人と汗をながし
用水路を造った

――「よし　水を流せ」

土のうをはずすと

堰を切ったように　水があふれ出し
ゆっくりと　用水路の底をしめらせた

拍手とともに　高らかに
アッラーフ　アクバル（神は偉大なり）の声[*2]――

新しい川が生まれた

トンボたちが飛んできた
子どもたちが泳いだ
女たちが水汲みにきた

乾いた岩山の裾野が
広々と麦に覆われ

黄金色の穂が
軽やかに揺れていた

＊1　東京新聞・朝日新聞（二〇一九年　十二月五日）の記事より
＊2　『天、共に在り』（中村哲　ＮＨＫ出版）から

戦争で死ななかったお父さん

お茶を飲みながら
父と戦争の話をしている最中
「お父さんは　戦争で人を殺したことがあるの？」
唐突に息子は聞いた
七十歳を過ぎた父は何も答えなかったが
激しく動揺していた
何かいけないことを聞いたようで
ひどく傷つけたようにも思い
二度と聞くことはなかった

父が亡くなってから半年余り
遺品を整理していたら
箱の中から私記「自分史」（ＮＨＫ学園）の原稿が出てきた

——昭和十九年　十二月二日　早朝
魚雷攻撃に遭う
南シナ海に放り出され
十時間余り　漂流
海防艦に助けられ
甲板に引き上げられた
途端　気を失った

十二月七日

仏印ベトナム　サイゴン（現ホーチミン）に上陸
兵站司令部で休息
軍命により　T一等兵とシンガポールをめざす

メコン川を船で進む
紺碧の空
深い森
鮮やかな朱塗の山門
美しい王宮の船着場（まるで竜宮城のようだ）
（戦争をしているのが不思議でならなかった）

プノンペンからトラックに乗って
タイのバンコクへ

バンコクから国際列車
網棚の上で睡眠
（カーブできしむ音が　死んだ同胞たちの苦悩の叫びに聞こえた）

十二月三十一日　夜明け
窓外の景色が変わった
列車を降り
シンガポール第七方面軍司令部の前に立つ

（うれしさが込み上げてきた）

衛兵が出てきて言った
「おまえらどこの敗残兵だ　それでも兵隊か

鏡を見たか　ひどいもんだ　よく生きているな」
体重は半減　三十数キロ
目はぎらぎら　頬はげっそり　髪の毛は抜け落ち
骨が服を着て　靴をはいていた――（注8）

足腰が弱り
寝ていることが多くなった
父
ある日
起きてきて
お茶を飲みながら
ぼそりつぶやいた
「……戦争で誰も殺さなかった」

その顔は　穏やかで晴れ晴れとしていた
ほどなく　冬の夜　脳梗塞で倒れた
一年余りのち　心臓が止まった

享年九十歳だった

連れ合い

自転車を売って直して
六十年
八十八歳をすぎて
とぼとぼ歩いていた　父
けれど
ひとたび　自転車に乗れば
人が変わる

おじさん　おばさん　かきわけて

いぬ　ねこ　ありんこ　はねとばし
やおやに行こうとして　酒屋に行き
うなぎを焼く匂いに　ぴたりと止まり
居酒屋を見つけて　中へ入ろうとする

父とよく似た自転車
長年連れ添ってきたから
父の気持ちがよくわかる

毎日かかさず
十三種類の薬を飲んでいる
と言うのが
父の自慢

寒い夜
トイレで倒れ
病院に運ばれて
一年余

「そろそろ死にたいね」とつぶやく
父を乗せて
自転車は　天空をサイクリング
あの世へ無事に届けてくれた

禅寺丸

去年だったかな
隣りの家の椎の木の太い枝が落ちて
二本の枝をへし折られたが
枯れずに生き残っている

柿の木

一九四五（昭和二十年）五月二十五日
隣り近所に焼夷弾が落ちて

我が家は燃えたけど
生き残った
禅寺丸という木だ*

かれこれ二百年余り
生きていると
母から伝え聞いた
とすると
江戸の末頃から
この地に立っていたということか

苔に覆われ
ひびだらけの老いた木だが

今年はたわわに実をつけた
もいでほおばり
がぶりとかみ砕いた
渋味のなかに
ほんのりと甘みがあって

＊　禅寺丸柿（ぜんじまるがき）　川崎市麻生区原産の柿。日本最古の甘柿の品種と言われている

〔注〕

（1）空襲

アメリカ軍爆撃機Ｂ29による焼夷弾で、下石原は二十八軒、約八十棟、他に公会堂、警防団詰所、火の見やぐらも消失した。全身に大やけどを負った幼い女の子が、空襲から二か月余り後に亡くなった。（『調布市の戦史』岩崎清吾）

三月十日深夜、降り注いだ焼夷弾が東京の下町を、わずか二時間半あまりの間に火の海に変えた。一夜にして十二万人が犠牲となった。また、日本本土を襲った空襲の犠牲者は、約四十六万人である。（『本土空襲全記録』ＮＨＫスペシャル取材班　角川書店）

（2）いのはな銃撃事件

八王子市裏高尾町にある碑文には次のように記されている。

「終戦間近の昭和二十年八月五日　真夏の太陽が照りつける午後十二時二十分頃満員の新宿発長野行き四一九列車が　いのはなトンネル東側入口に差しかかったとき　米軍戦闘機Ｐ51二機または三機の銃撃を受け　五十二名以上の方々が死没し　百三十三名の方々が重軽傷を負いました。（略）」

（3）遺骨収集

海外戦没者は（硫黄島　沖縄を含む）は約二百四十万人。未収容の遺骨百十二万柱。約三十万柱が沈没した艦船の遺骨で、約二十三万柱が相手国・地域の事情により収容困難な状況にある。

フィリピンにおける海外戦没者は約五十一万八千人。収容された遺骨は約十四万九千柱。収容されていない遺骨は、約三十六万九千柱。戦没者の遺骨収集事業は国の責務として実施している。（厚生労働省　社会・援護局　令和三年度末　現在）

（4）広島

一九四五年（昭和二十年）八月六日、アメリカが投下した（人類史上初めての）原子爆弾により市街は壊滅、約十四万の死者を出した。（広辞苑　二〇一八年）

（5）重慶爆撃

一九三八年（昭和十三年）になって、日本軍は長距離爆撃機を使って中国の都市部を爆撃し始める。代表的なものが、国民政府の臨時首都があった重慶への爆撃。一九三八年から五年半で二百回以上空襲。焼夷弾も使った攻撃で一万人以上が犠

牲になった。（『本土空襲全記録』　ＮＨＫスペシャル取材班　角川書店）

（6）華僑虐殺事件

英国による戦犯裁判の起訴状には次のように書かれている。

「一九四二年（昭和十七年）二月十八日より三月三日にわたる間シンガポールにおいて、被告・陸軍中将西村琢磨は近衛師団長として、被告・陸軍少将河村参郎は警備部隊長として、その他の被告は憲兵隊将校として、一般住民の生命安全の責任があるにもかかわらず、戦争法規及び慣例に違反し、シンガポール島の中国人一般居住民に対して、（地名略）虐殺に関与した」。十八歳位～五十歳位の一般住民の華僑（中国の外に住んでいる中国人）男子が、海岸や谷間で銃殺された。河村少将は、五千～六千人余りが犠牲になったと証言した。

（7）アフガニスタンの戦争の歴史

＊　一九七八年四月　アフガニスタン人民民主党政権（共産政権）に対してムジャヒディン（イスラム郷土防衛の戦士）がクーデターを起こす。

＊　一九七九年十二月、ソ連軍が侵攻。

一九八九年二月　ソ連軍が撤退、国内の紛争は続く。
＊二〇〇一年十月、多国籍軍とアメリカ軍が軍事侵攻。
二〇二一年八月、アメリカ軍が撤退、タリバンが勝利。
（ウィキペディアより）

（８）父の軍隊の履歴より

昭和十九年　四月　一日　現役兵トシテ第十三航空教育隊ニ入営
八月　十一日　南方軍総司令部要員トシテ鹿児島港出帆
（途中　台湾に上陸）
九月　十八日　フィリピン・ルソン島・サロマギ上陸
十月　一日　第七方面軍司令部へ転入
十二月　二日　マニラ港出帆
三十一日　昭南（シンガポール）着
昭和二十年　三月　一日　昭和二十年度兵科（航空）下士官候補ヲ命ズ
八月　十五日　終戦

あとがき

アジア・太平洋戦争が終わり、父は、シンガポールの司令部で戦後処理に従事していた。一九四七年（昭和二十二年）の一月、シンガポール戦犯弁護部に勤務することとなり、英国による裁判で、死刑判決を受けた日本の刑死者の遺書を清書し整理していた。そして、四月二日に華僑虐殺事件の裁判が終わり、五月二十二日に宇品に復員。六月二日に横須賀の実家に着いた。

父が六十代の前半の頃、ＮＨＫ学園（通信教育）で「自分史講座」を受けていた。その原稿をちらりと見せてもらったことがあった。「本にするの？」と聞いたが、「うん　できたら……」と言葉を濁していた。そのうち本になるのだろうと漠然と思っていたが、いつのまにか、父の私記のことは忘れていた。

父が亡くなり半年余りたって、遺品を整理していたら、ＮＨＫ学園に提出して、添削を受けていた原稿が見つかった。出征してからの、戦地での生々しい出来事が書かれていて、戦争の酷さや悲惨さ、父の苦悩が伝わってきた。
我が家は、伯父がフィリピンで戦死し、家が空襲で焼けていた。あらためて戦争とは何だろうと思い、日本の戦争を振り返り、世界の戦争を考え、戦争をテーマとした詩を書いた。

この詩集を上梓するにあたり、土曜美術社出版販売の高木祐子様に、お世話になりました。心よりお礼申し上げます。また、何人かの詩人たちと詩の合評会をおこない、相互に批評しあえたことは、詩作を続けるうえで大変励みとなりました。この場をお借りして、感謝申し上げます。

関口隆雄

二〇二三年三月

著者略歴

関口隆雄（せきぐち・たかお）

一九五二年生れ

詩集

『冥王星ロッキー』（一九八四年　書肆山田）
『連作　冥王星ロッキー』（一九八九年　地球社）
『貘さんのバク』（一九九九年　土曜美術社出版販売）
『春　爛漫』（二〇一一年　土曜美術社出版販売）
『マニアックにアニマル』（二〇二二年　思潮社）

「ここから」同人
日本現代詩人会会員

詩集　忘《わす》れられた骨《ほね》

発　行　二〇二三年六月三十日

著　者　関口隆雄
装　丁　森本良成
発行者　高木祐子
発行所　土曜美術社出版販売
〒162-0813　東京都新宿区東五軒町三―一〇
電　話　〇三―五二二九―〇七三〇
ＦＡＸ　〇三―五二二九―〇七三二
振　替　〇〇一六〇―九―七五六九〇九
印刷・製本　モリモト印刷
ISBN978-4-8120-2762-2　C0092